AF331584

AVIS

D'UN PATRIOTE

AUX ÉMIGRANTS.

PAR M. LANDRAGIN,

Citoyen de Paris.

A PARIS,

Chez {

MM. LEBOUR, libraire, au Palais-Royal, n°. 188.

FAVRE, libraire au Palais-royal, n°. 220, aux neuf-Muses.

PETIT, au Palais-royal, no. 250.

AVIS

D'UN PATRIOTE

AUX ÉMIGRANTS.

Cyclopes mirmidons dont la vaine colère
Dans l'antre de Coblentz veut forger le tonnerre,
Cessez ces bals honteux où vos fronts triomphants
Étincèlent déjà de l'espoir des tyrans ;
Louis est à Paris, et la France est son trône ;
C'est sur nos cœurs français qu'il fonde sa couronne ;
Fort de son peuple, il est plus grand que ses ayeux ;
L'amour d'un peuple libre est la foudre des Dieux.

Eh ! Messieurs, parmi vous que pourroit-il donc
    faire ?
Épouser vos fureurs, surtout votre misère ?
Souiller de vos complots et son rang et ses jours ?
En mendiant titré se traîner dans les cours ?
Y fatiguer les rois de sa longue infamie,
Et mériter l'exil où languiroit sa vie ?

A 2

Non : LOUIS veut régner sous le règne des loix,

Et pour un vrai pouvoir abdiquer de vains
    droits.

Il est loin de quitter pour vos folles chimères,

L'empire de nos cœurs et celui de ses pères :

Il préfère son Louvre, et Versaille et Paris.

A la petite Ithaque où vous êtes tapis,

Et trente millions à votre table d'hôte;

Il sait bien qu'adopter l'espoir qui vous balotte,

Ce seroit échanger pour lui, pour ses enfants,

Le sceptre des Français contre un jeu d'émigrants.

Eh! messieurs les Rolands de la chevalerie,

Que l'aspect de nos lois fait entrer en furie,

Ainsi qu'un enragé, quand il se voit dans l'eau:

Pourquoi, dites-le moi, ce délire nouveau?

Pourquoi voulez-vous donc, à présent, tout
    pourfendre?

Fort bien! je vous entends ; vous voudriez
    reprendre

Ces grotesques haillons où sont écrits ces mots ?

Privilèges, noblesse et titres féodaux.

Oubliez des hochets qu'un sot orgueil renomme.

Il n'est plus qu'un seul rang, qu'un titre.... celui
    d'homme :
Jadis la vertu seule ennoblit vos ayeux,
Par le droit des vertus, soyez nobles comme eux :

Mais non ; preux champions de vos castels
    antiques
Et de seize quartiers d'abus trés-tyranniques,
Vous voulez rétablir, faute d'autres vertus,
Vos parchemins pourris et vos droits vermoulus.

Eh ! bien, donc, de l'Europe égayez le parterre ;
Armez vos calotins, vrais paillasses de guerre ;
L'Europe s'en amuse et voit avec pitié
Les troupes de pantins que vous mettez sur pié.

Pipez, pour vous défendre et coucher sur la dure,
Ces chanoines vermeils, engraissés de luxure,
Qu'on voyoit, pour gagner le ciel sans coup
    férir,
Dormir, boire et manger, manger, boire et
    dormir.

Pipez tous ces abbés, colporteurs de fleurettes,

A 3

Endurcis aux travaux, mais à ceux des toilettes

Qui, poltrons dans les camps, dans les boudoirs
    héros,

Ont du moins combattu sous le roi de Paphos.

Pipez tous ces prélats, ces apôtres des vices,

Qui bénissoient le ciel aux genoux des actrices;

Qui mîtrés par leurs mains et non pour leurs
    vertus,

Leur rendoient saintement leurs deux cents
    mille écus.

Évoquez en un mot du fond de leur repaire

Tous ces vices en froc, tous ces porteurs de haire,

Qui, loin du réfectoire et dans l'horreur des
    camps,

Iront crucifier et perdre en peu de temps

Leurs trois mentons sacrés, leur embonpoint
    immense,

Fruit heureux, mais pesant de trente ans
    d'abondance.

Allons, que ces guerriers, si lourds, si gros,
    si gras,

Couvrent leurs fronts tondus du casque des soldats;
Voyons s'ils porteront le poids d'une cuirasse
Aussi bien que l'hermine ou la riche bésace;
S'ils soutiendront l'éclair de nos sabres tranchants,
Comme le doux aspect de nos vins pétillants.

Allons, prêtres cruels, cohortes fanatiques,
Jouez au nom du ciel vos parades tragiques;
Des Peuples en tout tems vous fûtes les fléaux
Et l'étole toujours décora des bourreaux:
Valets puissants de Rome, et pieux cannibales,
Vos mains à l'univers également fatales,
Ont muselé le peuple, ou l'ont assasiné;
Sitôt qu'il eut un culte, il fut infortuné.

Et vous brigands royaux, qui sous le nom de princes
Dans vos petits soupers dévoriez nos provinces,
Guidez leurs bataillons, et marchez contre nous,
Une pareille armée est bien digne de vous.

Toi, qui du grand Condé veux affecter l'allure,
Mais qui n'es en effet que sa carricature,
Qui dans nos tristes champs en proie à ton gibier

A

As fait trembler des cerfs, et te crus un guerrier,
Qui penses follement, dans ta sotte manie,
Que par droit de naissance on doit être un génie,
N'imites ton ayeul, qu'en assiégeant Paris,
Et pour être fameux, ravage ton pays.

Et toi, jeune d'Artois et vieux Sardanapale,
Toi dont la vie entière est une saturnale,
Qui trainas en public la pourpre de nos rois
Dans ces infâmes lieux, l'opprobre de nos loix,
Où la sale débauche, au teint pâle et livide,
Te vendit à nos frais son poison homicide,
Quoi! d'un fusil tu veux écraser cette main
Formée à soulever la gaze d'un beau sein,
Et braver les travaux que le soldat endure!
Ah ! tremble d'expirer sous le poids d'une
    armure ;
Crois qu'un champ de bataille inondé d'ennemis
Est différent de ceux que t'offroient tes laïs.

Et toi qui, tout chargé d'un embonpoint stérile,
Dans un corps impuissant portes un ame vile,
Dont les poûmons fourbus et hâletant toujours

Gémissent du travail de prolonger tes jours,
Astucieux Janus, homme sans caractère,
Qui nous parlois de paix et tramois une guerre,
Gardes ton sot orgueil, ton éternel flatteur,
Et cet esprit de ruse aussi faux que ton cœur;
Vis comme au Luxembourg sans être jamais
    homme;
Que nous importe, à nous, où végéte un
    atôme?

Voilà donc ce trio qui veut nous faire peur
Et dans l'illusion d'une aveugle fureur
Croit que de ses soldats la troupe méprisable
Peut ébranler des lys l'empire inébranlable.

Mais, pour les soutenir, je vois marcher près
    d'eux
Tous ces vils courtisans, leurs suppots ténébreux,
Serpens nés dans les cours du désir des richesses,
Dont le cœur virulent et nourri de bassesses,
Pour relever les Dieux de leur ambition,
Sent toutes les fureurs que donne le poison.

J'y vois ce Mirabeau, la lourde parodie

De ce grand Mirabeau, l'honneur de sa Patrie,
Ce burlesque Bacchus, ce buveur valeureux
Aura-t-il donc au moins le courage vineux
De trainer dans les camps son énorme bedaine,
Tonneau toujours rempli qu'il soulève avec
peine?
Eh! quel démon le pousse au milieu des hazards?
A travers les vapeurs qui troublent ses regards,
Prend - il tous nos canons pour autant de bou-
teilles,
Leur bruit pour les glougloux qui flattent
ses oreilles,
Enfin les boulevards Par Lukner défendus
Pour de vastes celliers remplis des meilleurs
crus?

Nous faut-il craindre aussi ce flatteur imbécile,
Honni pour ses hauts faits, à la cour, à la ville,
Libertin par systême, et prélat courtisan,
Si caffard aujourd'hui, mais toujours vrai
Mathan?
Ce vil caméléon ce tartuffe en barrette,

Digne en tout du chapeau qui brille sur sa tête,

Des superstitions lève les étendarts

Et, la crosse à la main, en bénit les poignards.

Il veut renouveller ces scènes des croisades

Qu'un peuple homme, à présent, traite de
     pasquinades,

Et porter sur son sein, pour nous tromper encor

Un Dieu qui dans son cœur n'est que le Dieu
     de l'or.

S'imagine-t-il donc ce soldat amphibie,

Avec des oremus ou quelque litanie,

Pouvoir exorciser la valeur des Français

Et dans tous nos canons enchaîner nos boulets?

Non, nous ne sommes plus dans le temps
     des miracles

Et nous bernons enfin tous les marchands
     d'oracles.

Sur les pas du mitré s'avance impudemment

Un fléau de la France, un ministre brigand,

Dont le génie affreux est celui du pillage,

Calonne..... Son nom seul en dit bien da-
     vantage:

Il paye de notre or des tourbes de soldats ;
Et si dans ce moment il cherche les combats,
C'est pour piller encor tout le trésor immense
Dont nos sueurs sans cesse enrichissent la France.

Eh ! vous croyez encor , nouveaux Catilinas ,
Nous rapporter les fers qui meurtrirent nos bras !
Eh bien ! de vos succès entendez le présage,
Ces cris : la mort, la mort, plutôt que l'esclavage.
Redoutable géant , trop long-tems à genoux ,
La France se relève et son bras est sur vous ;
Tremblez , un peuple libre est un peuple in-
    vincible.

Que de la liberté l'attitude est terrible !
Que le patriotisme enfante de vertus !
C'est lui seul qui dans Rome a formé les Brutus.
Que feroient contre nous quelques peuples
    esclaves ?
Il n'est point de héros sous d'indignes entraves ;
Automates gagés pour courir les hazards ,
Ils viendroient échouer aux pieds de nos rem-
    parts ,

Ou bien si par malheur la victoire volage
Trahissoit de nos bras l'indomptable courage,
Vous verriez le Français, content et sans remord,
Sur une terre esclave expirer libre encor.

Mais non ; c'est vous flatter d'un espoir chi-
　　mérique ;
Le premier choc sera l'étincelle électrique
Qui de la servitude où croupit l'univers,
Doit réveiller enfin tous les peuples divers.
Oui, oui, la liberté, comme un Dieu tutélaire,
Va de tous les Nérons purger toute la terre,
Et le Turc même, osant détroner son tyran,
Des couleurs de la France ornera son turban.

Le temps a sur la terre usé la tyrannie,
Elle est prête à tomber de sa bâse viellie ;
Et la saine raison qui creuse son tombeau
Aux quatre coins du monde allume son flambeau.

Peut-être espérez-vous que l'innocente guerre
Qui nait entre les clubs d'un systême contraire,
De l'état divisé va déchirer le sein
Et dans le sang Français vous ouvrir un chemin ?

Malheur, malheur à vous, si cet espoir perfide
Epaissit sur vos yeux son nuage homicide !

Dès que vous sonnerez le signal du combat,
Tout Français contre vous va devenir soldat ;
De nos opinions nous oublirons les guerres,
Sous les mêmes drapeaux nous combattrons en
    frères,
Nous n'aurons plus alors qu'un seul ennemi.....
    Vous,
Et six cents mille bras repousseront vos coups.

Aux armes ! ce seul cri, pour vous si redoutable,
Sera de votre mort l'arrêt inévitable ;
Eh ? vous n'avez déjà vécu que trop long-tems !
Le plus saint des devoirs est la mort des tyrans ;
Votre chûte à la France aujourd'hui nécessaire,
Fixant enfin sur nous l'hommage de la terre,
Fondera sur la gloire et sur l'éternité
L'Empire de nos Loix et de la liberté.

Déjà, graces à toi, Sénat auguste et sage
Nos trésors ne vont plus alimenter leur rage,

Tripler leurs bataillons, soudoyer leurs complots,
Appauvrir la Patrie en égarant leurs flots :
Déjà du peuple entier la volonté suprême
Sur eux de ton Décret confirme l'anathême ;
Allons, déploye ainsi toute ta majesté ;
Le Peuple sur ton front a placé sa fierté ;
Sa seule opinion est l'appui de la France
Et ce prix des grands cœurs sera ta récompense.